눈물 흘려도 돼

눈물 흘려도 돼

초판 1쇄 발행 2023년 11월 10일
초판 2쇄 발행 2023년 11월 27일

지은이 양광모
펴낸이 김선기
펴낸곳 (주)푸른길
출판등록 1996년 4월 12일 제16-1292호
주소 (08377) 서울시 구로구 디지털로 33길 48 대륭포스트타워 7차 1008호
전화 02-523-2907, 6942-9570~2
팩스 02-523-2951
이메일 purungilbook@naver.com
홈페이지 www.purungil.co.kr

ISBN 978-89-6291-081-0 03810

양광모 치유 시집

눈물 흘려도 돼

푸른길

시인의 말

삶은 얼마나 눈물겨운 전쟁인가.
그런데 인간은 또 얼마나 허약한 병사인가.
내 삶의 많은 날들이 그러했기에
인류에 대한 동지애적 연민으로 시를 쓴다.

이 시집에 엮은 시들이
당신의 전쟁터에 한 송이 꽃으로 피어나기를.
그 꽃의 향기를 맡으며
당신의 영혼이
따뜻하고 깊은 위로를 얻게 되기를.
불끈 주먹을 쥐고 다시 앞을 향해 힘차게 나아가기를!

부탁하느니,
포기하지 마라. 오늘을 살아라. 사람을 사랑하라.
그것이 곧 인생에서의 승리다.

차례

Ⅱ. 푸르른 날엔 푸르게 살고 흐린 날엔 힘껏 산다

Ⅲ. 용서 하나 갚겠습니다

Ⅳ. 별로 살아야 한다

I

살아가는 일이 어찌 꽃뿐이랴

눈물 흘려도 돼

비 좀 맞으면 어때
햇볕에 옷 말리면 되지

길가다 넘어지면 좀 어때
다시 일어나 걸어가면 되지

사랑했던 사람 떠나면 좀 어때
가슴 좀 아프면 되지

살아가는 일이 슬프면 좀 어때
눈물 좀 흘리면 되지

눈물 좀 흘리면 어때
어차피 울며 태어났잖아

기쁠 때는 좀 활짝 웃어
슬플 때는 좀 실컷 울어

누가 뭐라 하면 좀 어때
누가 뭐라 해도 내 인생이잖아

바닥

살아가는 동안
가장 밑바닥까지 떨어졌다 생각될 때

사람이 누워서 쉴 수 있는 곳은
천장이 아니라 바닥이라는 것을

잠시 쉬었다
다시 가라는 뜻이라는 것을

누군가의 바닥은
누군가의 천장일 수도 있다는 것을

인생이라는 것도
결국 바닥에 눕는 일로 끝난다는 것을

그래도 슬픔과 고통이
더 낮은 곳으로 흘러가지 않는다면

이제야말로 진짜 바닥이라는 것을

소나무를 생각한다

사는 게 힘에 부친다
싶은 날엔

바위를 뚫고 자라는
소나무를 생각한다

그 뿌리가 겪었을
절망과 좌절을 생각한다

거대한 벽 앞에 부딪쳐
털썩 주저앉고 싶었으나
끝끝내 밀고 나갔던
그의 외로움과 두려움을 생각한다

그만큼은 아니지
그만큼도 아니면서, 생각한다

고드름

거꾸로 매달려 키우는 저것이
꿈이건 사랑이건
한 번은 땅에
닿아 보겠다는 뜨거운 몸짓인데

물도 뜻을 품으면
날이 선다는 것
때로는 추락이
비상이라는 것
누군가의 땅이
누군가에게는 하늘이라는 것

겨울에 태어나야
눈부신 생명도 있다는 것
거꾸로 피어나는 저것이
겨울꽃이라는 것

작은 위로

아무도 울지 않는 밤은 없다*
오늘 그대가 운다면
그것은 그대의 차례

한 번도 눈물 흘러내린 적 없는 뺨은 없고
한 번도 한숨 내쉬어 본 적 없는 입은 없고
한 번도 고개 떨궈 본 적 없는 머리는 없다

오늘 그대가 잠들지 못한다면
그것은 그대의 차례
모두가 잠든 밤은 없다

*이면우, 「아무도 울지 않는 밤은 없다」, 『아무도 울지 않는 밤은 없다』, 창비

괜찮아

꿈이 없어도 괜찮아
얼굴이 못생겨도 괜찮아
키가 작아도 괜찮아
뚱뚱해도 괜찮아
건강하지 않아도 괜찮아
영어를 못해도 괜찮아
돈이 없어도 괜찮아
능력이 없어도 괜찮아
소심해도 괜찮아
실패해도 괜찮아
외로워도 괜찮아
그냥 나만 믿어
이 세상 끝나는 날까지
너를 지켜 줄게
어둠을 빛으로
실패를 성공으로
불행을 행복으로 바꿔 주는
나의 이름은 긍정이야

살아가는 일이 어찌 꽃뿐이랴

봄이면 꽃으로 살고
여름이면 파도로 살고
가을이면 단풍으로 살고
겨울이면 흰눈으로만 사는
생이 어디 있으랴

어떤 날은 낙화로 살고
어떤 날은 낙엽으로 살고
어떤 날은 얼음으로도 살아야 하는 것

그런들 서럽다 말아라
때로는 밀물로 살고
때로는 썰물로 살 수 있나니

그대 아시는지

꽃을 아름답게 피우는 건
햇볕이지만

꽃을 향기롭게 피우는 건
별빛인 것을

꽃처럼 산다는 거
열매를 맺으려
일생을 애쓰는 일임을

그대 이미
꽃처럼 살고 있음을

고구마

고구마가 잘 익었는지
젓가락으로 푹, 푹 찔러 보는 것

슬픔이나 아픔 따위가
설마 그런 일은 아니겠지요

하여간 큰 고구마일수록
오래 삶아야 한다는 것쯤은 알고 있습니다마는

라면

딱딱하게 배배 꼬인 놈이
세상에서 가장 부드러운 면발로 변해
어느 가난한 입에 부러울 것 없는 미소를 짓게 하기 위해서는
한 번은 반드시 펄펄 끓는 물에 들어갔다 나와야 한다

生이여, 알겠지?

잊지 마라

잊지 마라
너만 그런 것이 아니다
청춘만 그런 것도 아니고
여자만 그런 것도 아니다
가난한 사람만 그런 것도 아니고
아픈 사람만 그런 것도 아니다
실패한 사람만 그런 것도 아니고
불행한 사람만 그런 것도 아니다
떠나보낸 사람만 그런 것도 아니고
떠나온 사람만 그런 것도 아니다
사람이라 그런 것이고
인생이라 그런 것이다
모두가 다 그렇고
누구나 다 그런 것이다

꽃화분 등에 지고

삶이 짐짝 같은 거라고는
짐작도 못 했는데
그 짐짝 속에서도
어여쁜 꽃 피어난다는 걸
진작에 알았더라면
짐짝 조금 무겁다기로
징징 투덜대지는 않았으리
꽃화분 등에 지고
꽃바구니 어깨에 이고
가자 생이여,
가난한 세상에 꽃 나르러

슬픔이 강물처럼 흐를 때

슬픔이 강물처럼 흐를 때
차라리 나는 깊은 강이 되리

슬픔이 파도처럼 밀려올 때
차라리 나는 넓은 바다가 되리

슬픔이 절벽처럼 찔러 올 때
차라리 나는 높은 산이 되리

그러면 끄떡없지
그러면 아무 일 없지

슬픔이 아무리 큰들
내 생보다야 더 크겠나

입술 지그시 깨물고
꿀꺽 목 넘겨 그 슬픔 삼키리

그러면 끄떡 없지
그러면 아무 일 없지

눈물을 위한 기도

어디서 솟아나는가

부르튼 발바닥
거칠고 굵어진 손가락
채워지지 않는 허기진 뱃속
시린 뼈마디 사이

주름진 뺨과 목 씻어 주고
시들고 메마른 가슴 적셔 주니
공연히 손등으로 훔치지 말 것
절대로 눈물 따위는 훔치지 말 것

그런데도 어디서 늘 가득 솟아나는가
가난하여도 맑고 깊어지는 영혼의 샘에서
우리 아무것도 세상에서 훔치지 않았노라고

봄

어둠이 아니라 빛을 봄

어제가 아니라 내일을 봄

미움이 아니라 사랑을 봄

내가 아니라 우리를 봄

비바람 불고 눈보라 치는 날에도

나의 눈에는 언제나 봄

별빛을 개어

빨래를 개어
옷장에 넣어 두듯

마음을 개어
고요한 곳에 모셔 두었다가

어둠을 만나면 어둠을 개고
슬픔을 만나면 슬픔을 갤 일이다

사람아,
생의 겨울이 와도
눈보라쯤은 거뜬히 이길 수 있도록

아침이면 햇살을 개고
밤이면 별빛을 개어
우리 가슴 한편에 따듯이 모셔 둘 일이다

겨울 나목

알몸으로도
겨울 이겨 내는
네 삶 눈부셔라

한 백 년쯤이야
하늘 높이 쭉쭉
가지 뻗으며 살아야 한다고

헐벗은 가슴으로도
둥지 한두 개쯤
따뜻이 품으며 살아야 한다고

눈 내리면 눈꽃 피우며
봄이 아니라 겨울을
열렬히 살아야 한다고

너는 아무런 말 없이도
알몸으로 눈시울 뜨겁게 만든다

애기동백

너의 슬픔에 입 맞춰준 적 있는가

애기동백 앳된 얼굴에
자석처럼 끌려
홀린 듯 황홀히 입을 맞추면
문득 들려오는 소리

너의 눈물에 입 맞춰준 적 있는가

엄동설한에 피어나서도
세상을 향해 방긋방긋 웃고 있는
애기동백을 보자면
스스로 사랑하지 못할 삶도 없을 것인데

너의 겨울에 입 맞춰준 적 있는가

눈보라 휘몰아치던 너의 생 어느 날에
붉은 입술로 입 맞춰준 적 있는가

자작을 좋아하다

혼자 짓거나
혼자 만든다는 건
얼마나 아름다운 일인가
또한 얼마나 눈물겨운 일인가

자작나무가
자기 스스로 껍질을 희게 만들고
자기 스스로 나뭇잎을 푸르게 만들고
자기 스스로 겨울이면 옷을 벗는 일을 보라

이렇듯 세상의 모든 것들이
자작자작 뜨겁게
스스로 삶을 지으며 살아가느니

우리가 술 한 잔을 자작하려거든
자작나무의 흰 껍질과 푸른 잎을 기억하며
어느 날이고 눈보라치는 겨울이 오면
알몸으로도 묵묵히 이겨 내는 생을
스스로 만들어야 한다

그대 가슴에 어둠이 밀려올 때

자신을 사랑할 수 없을 때
존중하라

타인을 존경할 수 없을 때
세상에 대해 분노가 느껴질 때
살아가는 일이 무의미하게 느껴질 때
미래에 대해 어떠한 희망도 발견할 수 없을 때
존중하라

그대 자신과
그대가 살아온 삶을
그대가 살아갈 삶을
타인과 타인들이 살아가는 방식을
세상이 그대에게 보여지는 모습 그대로를
더욱 존중하라

누구라도 사랑만으로 살아갈 순 없나니
그대 가슴에 불이 꺼지고
고통과 슬픔, 절망과 회한의 어둠이 밀려올 때
그대를 둘러싼 모든 것을 더욱 힘껏 존중하라

이 세상 그 어떤 고난도

그대를 땅에 넘어뜨리지 못하리니

장미와 사자, 소금과 황금, 친구와 적

그리고 자신의 영혼을 스스로 존중할 줄 아는 자에게

영원한 천상의 평화가 있다

비양도

비양도에 가서 알았다
생의 절반은 일몰이라는 것을
낮 세 시면 이미 뱃길이 끊어져
어쩔 줄 모르고 파도에 제 몸을 숨기는 섬
소주 한 병을 비울 시간이면
얼굴 가슴 손 발을 모두 어루만질 수 있고
소주 반 병을 비울 시간이면
어깨에 앉아 제주라는 섬을 바라볼 수 있는 곳
보다가 가장 작은 섬은 가장 큰 대륙
보노라면 가장 큰 대륙은 가장 작은 섬이었기에
생의 절반은 일출이라는 것을
비양도를 떠나며 뱃멀미처럼 나는 앓았다

와온에 가거든

노을 몇 점 주우러 가는 도로에
촘촘한 간격으로 설치된
수십 개의 과속방지턱을 넘으며
상처란 신이 만들어 놓은
생의 과속방지턱인지도 모른다 생각해 보았다
서두르지 말고 천천히 가야 한다는

느릿느릿 도착한 와온 바다,
엄지손톱만 한 해가 수십만 평의
검은 갯벌을 붉게 물들이며
섬 너머로 엉금엉금 지는 모습을 보자면
일생을 갯벌 게 구멍 속에서 지내도
생은 좋은 일만 같았다

그대여, 와온에 가거든
갯벌 게 구멍 속에 느릿느릿 들어앉았다 오라
밀물이 들기까지 생은 종종 멈추어도 좋은 것이다

가슴 뭉클하게 살아야 한다

어제 걷던 거리를
오늘 다시 걷더라도
어제 만난 사람을
오늘 다시 만나더라도
어제 겪은 슬픔이
오늘 다시 찾아오더라도
가슴 뭉클하게 살아야 한다

식은 커피를 마시거나
딱딱하게 굳은 찬밥을 먹을 때
살아온 일이 초라하거나
살아갈 일이 쓸쓸하게 느껴질 때
진부한 사랑에 빠졌거나
그보다 더 진부한 이별이 찾아왔을 때
가슴 더욱 뭉클하게 살아야 한다

아침에 눈 떠
밤에 눈 감을 때까지
바람에 꽃 피어
바람에 낙엽 질 때까지

마지막 눈발 흩날릴 때까지
마지막 숨결 멈출 때까지
살아 있어, 살아 있을 때까지
가슴 뭉클하게 살아야 한다

살아 있다면
가슴 뭉클하게
살아 있다면
가슴 터지게 살아야 한다

그 길

내일은
해가 뜨지 않을 것이다
내일은
오늘처럼 흐리거나
내일은
오늘보다 더 거센 비바람이
몰아닥칠 것이다

비가 그쳐도
무지개는 뜨지 않을 것이다
어디서도
기적이 일어났다는 소문은
들리지 않을 것이며
밤은 길고
외롭고
가야 할 길은
여전히 어둡고 멀 것이다

어쩌면 행운의 여신은
우리를 향해 미소 짓지 않을 것이다

어쩌면 승리의 함성과 환희는
우리의 몫이 아닐 것이다
어쩌면 우리는 성공이라는 정상에
도달하지 못할 것이며
그토록 간절하게 소망했던 꿈들은
가슴속 깊이 묻어 둔 채
어쩌면 세상과 아쉬운
작별을 고해야 할지도 모를 것이다

그렇지만 우리는
비탄과 상심에 사로잡혀
길 위에 주저앉아 있지는 않을 것이다
오히려 이렇게 반문할 것이다
인생에서 정녕 놀라운 일은
자신의 삶과 꿈을
절대로 포기하지 않았다는
사실이 아니라
한 번뿐인 자신의 삶과 꿈을
너무나 쉽게 포기하고 말았다는
사실 아니냐고

우리는 또 이렇게 말할 것이다
절망이라는 왼손이
땅을 가리키면
희망이라는 오른손은
하늘을 향해 높이 뻗겠다고
두려움이라는 왼발이
뒷걸음치면
용기라는 오른발은
앞을 향해 힘껏 내딛겠다고

그리하여,
희망이 절망을 이끌고
용기가 두려움을 이끌고
신념이 운명을 이끄는
삶을 살겠다고 말할 것이다

누군가에게
위대한 영웅이 되는 것은
인간으로서 추구해 볼 만한 목표지만
스스로에게

부끄럽지 않은 사람이 되는 것은
인간으로서 지켜야 할 책임이라고 말할 것이다

어쩌면 내일은
해가 뜨지 않을 것이다
바람 불거나
비 내리겠지만
우리는 묵묵히 길을 걸어갈 것이다
그 길이
우리가 걸어가야 할 길이므로

Ⅱ

푸르른 날엔 푸르게 살고

흐린 날엔 힘껏 산다

인생 예찬

살아 있어 좋구나
오늘도 가슴이 뛴다

가난이야 오랜 벗이요
슬픔이야 한때의 손님이라

푸르른 날엔 푸르게 살고
흐린 날엔 힘껏 산다

나보다 더 푸른 나를 생각합니다

나보다 더 힘든 사람을 생각합니다
나보다 더 가난하고
나보다 더 병들고
나보다 더 고독한 사람을 생각합니다

나보다 더 애쓰는 사람을 생각합니다
나보다 더 힘을 내고
나보다 더 밝게 웃고
나보다 더 눈물을 참는 사람을 생각합니다

나보다 더 힘껏 살아가고
나보다 더 삶을 사랑하고
나보다 더 푸른 나를 생각합니다

살아 있는 한 첫날이다

살아 있는 한 첫날이다
사랑하는 한 첫사랑이요
기다리는 한 첫눈이다

어제는 흘러간 강물
내일은 미지의 대륙
오직 오늘만 내 손 안에 있나니

살아 있는 한 마지막 날이다
사랑하는 한 마지막 사랑이요
기다리는 한 마지막 눈이다

가장 위대한 시간

꽃은 언제 피어나는가
태양은 언제 떠오르는가
바람은 언제 불어오는가

다시!

사랑은 언제 찾아오는가
희망은 언제 솟아나는가
용기는 언제 생겨나는가

또 다시!

아직은 살아가야 할 이유가 더 많다

아직은 살아가야 할 이유가 더 많다
아직은 포기할 수 없는 꿈이
아직은 가슴 뛰는 아침이
아직은 노래 부르고 싶은 밤이
아직은 사랑해야 할 사람이 더 많다

살아 있다는 것은
살아가야 할 이유가 있는 것
살아간다는 것은
살아가야 할 이유를 완성하는 것

아직은 떠나야 할 여행이
아직은 잊고 싶지 않은 추억이
아직은 다시 만나고 싶은 사람이
아직은 미워할 수 없는 것들이 더 많다*

*정진규, 「고향에 가서」, 『몸詩』, 세계사

희망

한 줌 한 줌
빛을 퍼뜨리며

조금씩 천천히
절망을 헤쳐 내는 것이다

밤을 이기는 것은
낮이 아니라 새벽이요

어둠을 이겨 내는 것은
한낮의 태양이 아니라 새벽 여명이다

가장 넓은 길

살다 보면
길이 보이지 않을 때가 있다
원망하지 말고 기다려라
눈에 덮였다고
길이 없어진 것이 아니요
어둠에 묻혔다고
길이 사라진 것도 아니다
묵묵히 빗자루를 들고
눈을 치우다 보면
새벽과 함께
길이 나타날 것이다
가장 넓은 길은
언제나 내 마음속에 있다

봄은 어디서 오는가

아직은 살아 볼 만한 세상이라고
해마다 꽃들이 다시 핀다
젖은 마음은 햇살에 말리고
웃음꽃 한 송이 얼굴에 싱긋 피우면
사람아, 너는 봄의 고향이다

인생

자주
막막하고

이따금
먹먹해도

늘
묵묵하게

멈추지 마라

비가 와도
가야 할 곳이 있는
새는 하늘을 날고

눈이 쌓여도
가야 할 곳이 있는
사슴은 산을 오른다

길이 멀어도
가야 할 곳이 있는
달팽이는 걸음을 멈추지 않고

길이 막혀도
가야 할 곳이 있는
연어는 물결을 거슬러 오른다

인생이란 작은 배
그대 가야 할 곳이 있다면
태풍 불어도 거친 바다로 나아가라

민들레

어딘들 못 살랴
질기고 쓴 것이 목숨이더라

짓밟히고 짓밟혀도
흙에 바짝 몸 붙이고
꽃대 높이 하늘로 치켜세워
마침내 노란 희망 담담히 피워 낸다

은빛 우주 한 채 지었다가
그마저도 바람 불면 허물어 버리고
다시 뿌리내릴 새 땅 찾아 날아가니

어딘들 못 가랴
버리고 비우면 날개더라

해바라기

우리가 생의 어느 날에
몹시 비에 젖는다 해도
가슴에 해바라기 한 송이
노랗게 피우며 살 일이다

비 오는 날에도
힘껏 허공을 밀고 올라가는
해바라기의 꽃대를 기억하며
바람 부는 날에도
고개를 떨구지 않는
해바라기의 얼굴을 기억하며

우리가 생의 어느 날에
몹시 바람에 흔들린다 해도
가슴에 해바라기 한 송이
하늘 높이 피워 두고 살 일이다

7월의 시

신도 아시는 게다
이때쯤이면 새해를 맞으며
정성껏 칠한 마음속 무지갯빛 꿈이
반쯤 벗겨진다는 걸

잊지 말라고
벌써 반이 지났다고
희망과 열정으로 다시 덧칠하라고
7월이다

일곱 번 쓰러져도
여덟 번 일어나면 된다고
일 년에 한 번밖에 만나지 못하는
견우와 직녀도 결코 포기하지 않는다고
우리의 꿈과 사랑을
무지갯빛으로 다시 덧칠하라고
7월이다

분수噴水 앞에서

높이 올라야
멀리 퍼질 수 있다는 것을

정상이
절정을 의미하지는 않는다는 것을

상승보다 하강이
더 아름다울 수 있다는 것을

무지개를 피워 내는 것은
물기둥이 아니라 물보라라는 것을

가장 낮은 곳으로 내려왔을 때
다시 솟구쳐 올라가야 한다는 것을

너에게 인생의 분수를 배운다

별

나를 바라보며
소원을 빌지는 마

어둠 속에서도
스스로 빛나는 사람이 되어야 해

꽃도 동굴 속에 갇혀 있다
혼자 피어나는 거란다

다시 일어서는 삶

잠시 기다려 줄 수 있겠니
눈물이여 이별이여 죽음이여

다시 돌아와 줄 수 있겠니
기쁨이여 사랑이여 영광이여

다시 손 내밀어 줄 수 있겠니
순수여 자유여 정열이여

다시 말해 줄 수 있겠니
희망이여 용기여 신념이여

이 모든 것들을
다시 나의 품으로 돌려줄 수 있겠니
그대, 스스로 일어서야 할 나의 영혼이여

나의 이름은 희망이야

생각대로 일이
잘 풀리지 않을 때
아무리 노력해도
뜻대로 되지 않을 때
무엇을 어떻게 해야
좋을지 모르겠는 때
너무 힘들어
한 발자국도 꼼짝할 수 없을 때
거대한 벽 앞에
서 있다고 느낄 때
천 길 낭떠러지 끝에
서 있는 것 같을 때
그래도 그냥
주저앉고 싶지 않을 때
그 순간이 되면
나를 찾아오렴
다시 새롭게 도전할 수 있는
힘을 네게 줄게
나의 이름은 희망이야

힘을 냅니다

인생이란
종종 운명과의 한 판 승부

가위 바위 보 중에서
그가 무엇을 낼지는 모르겠으나

나는 언제나
용기를 냅니다

나는 언제나
힘을 냅니다

물의 노래

한번은 가장 높은 곳으로
오르고 싶었을 게다
밤마다 울음 터뜨리던 계곡물
직선으로 쏜살같이 내달리던 강물
마침내 다다른 세상의 가장 낮은 곳에서
상심의 푸른 얼굴로 누워 있는 바다를 보라

한번은 모든 것을 버려야 함을 알았을 게다
햇볕 뜨겁던 어느 날
스스로를 불태워
가장 높은 곳으로 올라갔나니

사람아,
세상에서 가장 높은 곳으로 향하는 이여
세상에서 가장 낮은 곳으로 내려가
그대의 눈물마저 활활 불태워라

우리가 자유를 자유롭게

기쁨이 우리를 기쁘게 만들고
슬픔이 우리를 슬프게 만들고
행운이 우리를 미소 짓게 하고
불운이 우리를 찡그리게 하고
사랑이 우리를 사랑하게 만들고
이별이 우리를 이별하게 만들고
삶이 우리를 살아가게 만들고
죽음이 우리를 죽게 만든다면
오, 우리는 어떤 파랑새를 잡으려
어둠을 견디며 내일을 기다리는 것이냐
자유가 우리를 자유롭게 만들지 못한다면!
우리가 자유를 자유롭게 만들지 못한다면!

심장이 두근거린다면 살아 있는 것이다

눈물이 '핑' 돈다면
살아 있는 것이다
코끝이 '찡' 하다면
살아 있는 것이다
가슴이 '뻥' 뚫린 것 같다면
살아 있는 것이다

어깨를 '활짝' 펼 수 있다면
살아갈 수 있는 것이다
주먹을 '불끈' 쥘 수 있다면
살아갈 수 있는 것이다
두 발을 '성큼' 내딛을 수 있다면
살아갈 수 있는 것이다

보아라!
슬픔을 이겨 내기 위해서도
두 배의 낱말이 필요하지 않느냐
삶의 희망 또한 두 배의 절망쯤은
거뜬히 이겨 내어야 진흙 속에서도
연꽃처럼 피어나느니

심장이 '두근'거린다면

살아 있는 것이다

심장이 '두근두근'거려야

한세상 뜨겁게 살아갈 수 있는 것이다

나는 배웠다

나는 몰랐다

인생이라는 나무에는
슬픔도 한 송이 꽃이라는 것을

자유를 얻기 위해 필요한 것은
펄럭이는 날개가 아니라 펄떡이는 심장이라는 것을

진정한 비상이란
대지가 아니라 나를 벗어나는 일이라는 것을

인생에는 창공을 날아오르는 모험보다
절벽을 뛰어내려야 하는 모험이 더 많다는 것을

절망이란 불청객과 같지만
희망이란 초대를 받아야만 찾아오는 손님과 같다는 것을

12월에는 봄을 기다리지 말고
힘껏 겨울을 이겨 내려 애써야 한다는 것을

친구란 어려움에 처했을 때 나를 도와줄 수 있는 사람이 아니라
어려움에 처했을 때 내가 도와줘야만 하는 사람이라는 것을

누군가를 사랑해도 되는지 알고 싶다면
그와 함께 밤하늘의 별을 바라보면 된다는 것을

어떤 사랑은 이별로 끝나지만
어떤 사랑은 이별 후에야 비로소 시작된다는 것을

시간은 멈출 수 없지만
시계는 잠시 꺼둘 수 있다는 것을

성공이란 종이비행기와 같아
접는 시간보다 날아다니는 시간이 더 짧다는 것을

행복과 불행 사이의 거리는
한 뼘에 불과하다는 것을

삶은
동사가 아니라 감탄사로 살아야 한다는 것을

나는 알았다

인생이란 결국
배움이라는 것을

인생이란 결국
자신의 삶을 뜨겁게 사랑하는 법을 깨우치는 일이라는 것을

인생을 통해
나는 내 삶을 사랑하는 법을 배웠다

Ⅲ

용서 하나 갚겠습니다

어느 날 길 위에 멈춰 서서

어느 날 길 위에 멈춰 서서
이미 지나온 길을 바라볼 때
가슴에 꽃 한 송이 피어나기를

어느 날 길 위에 멈춰 서서
아직 걸어가야 할 길을 바라볼 때
가슴에 태양 하나 떠오르기를

그러나 그 어느 날도 아닌
바로 오늘 길 위에 멈춰 서서
먼 길을 걸어가는 사람들을 바라볼 때
가슴에 사랑 가득 샘처럼 솟아오르기를

함께 손잡고 그 길을 걸어가기를

동행

손을 잡고 함께 걸어갈
사람이 있다는 건
얼마나 따뜻한 일인가

팔짱을 끼고 함께 걸어갈
사람이 있다는 건
얼마나 가슴 뛰는 일인가

바람은 불고
꽃은 지고
지구는 빠르게 도는데

어깨동무를 하고 함께 걸어갈
사람이 있다는 건
얼마나 든든한 일인가

고마웠노라 행복했노라
이 세상의 일 마치고 떠나는 날
작별의 인사 뜨겁게 나눌 사람 있다면
그의 인생은 또 얼마나 눈부신 동행인가

사람은 무엇으로 사는가

여름비 쏟아지는 이른 아침
달팽이 한 마리가 비를 맞으며
한 시간에 5m의 속도로
아파트 옆 하천 산책로를 기어가고 있다
그 옆에 쭈그리고 앉아
두 개의 더듬이, 그리고 나선형 껍데기에 관한
은유와 상징을 더듬거려 보다가
당최 성에 차는 문장이 떠오르질 않아
벌떡 자리에서 일어서는데
지나가던 초로의 남자가 다가와
두 손가락으로 달팽이를 조심스레 들어 올리더니
건너편 길가 풀섶 사이에 내려놓고는
다시 제 갈 길을 걸어가는 것이었다
그 사람의 등에 보이지 않는 높은 사원 하나
우뚝 세워져 있는 듯하여
나는 가만히 속으로 중얼거려 보았다

"사람은 무엇으로 사는가"

안부를 묻다

잠은 잘 잤냐고
밥은 먹고 다니냐고
아픈 곳은 없냐고
많이 힘드냐고
얼마나 걱정하는지 아느냐고

풀잎 같은 세상에
꽃잎 같은 사람들

행복하라고
부디 힘내라고

괜찮냐고

그리 괜찮지는 않지만
당신이 내게 걱정스런 목소리로
괜찮냐고 물어본다면
나의 슬픔과 아픔은 조금 괜찮아지리

그리 괜찮지는 않지만
당신과 내가 진심 어린 마음으로
괜찮냐고 물어본다면
우리가 사는 세상은 한 뼘 더 괜찮아지리

그것을 알기에
나는 늘 당신에게 물으리
괜찮냐고 별일 없냐고 아무렇지 않냐고

그렇게 묻는 것만으로도
누군가에게 힘과 위로를 줄 수 있다면
참 괜찮지 않냐고

참 좋은 인생

참 좋은 세상에서
참 좋은 사람들과
참 좋은 생각하며
참 좋은 하루를 삽니다

조금은 부족한 내가
참 좋은 인생을 삽니다

눈길

아무리 추운 날에도 얼지 않고
아무리 더운 날에도 녹지 않는다

백 사람이 걸어가도 더럽혀지지 않고
백 년이 지나도 그 모습 변하지 않는다

이 세상 가장 아름답고 깨끗한
사람과 사람 사이의 따뜻한 눈길

눈 내리는 날에나
눈 내리지 않는 날에도
우리 함께 걸어가야 할 길

참 잘했네 그려

살아 보니 조금은 분해도
참기를 잘했네 그려

살아 보니 조금은 억울해도
참기를 잘했네 그려

살아 보니 조금은 슬퍼도
참기를 잘했네 그려

살아 보니 조금은 힘들어도
참기를 잘했네 그려

살아 보니 그저 묵묵히 살아오기를
정말 정말 참 잘했네 그려

깎아 주기로 했다

세상에!

긴 세월 살다 보니
나이를 깎아 주는 일도 있구나

이리저리 그 뜻 짚어 생각해 보니
스스로는 그러지 말라는 법도 없겠기에

깎아 주기로 했다
여기까지 오느라 정말 애썼다며
열 살이나 스무 살쯤

돌덩어리도 시간이 흐를수록 둥글어진다는데
나이를 먹을수록 뾰족이 모나는 마음
깎아 주기로 했다

잠시만 한눈을 팔면
잡초처럼 무성히 돋아나는 욕심
깎아 주기로 했다

하늘에게서나 사람에게서나
내 생에 반드시 받아야 한다고 믿었던 것들
모두 깎아 주기로 했다

꽃

작은 일로 가시가 돋을 때
이 사람은 전생에 무슨 꽃이었을까
마음속으로 빙긋이 생각해 봅니다

나는 또 어떤 꽃이었을까요

미움이 비처럼 쏟아질 때

미워하자면
장미에게도 가시가 있고
좋아하자면
선인장에게도 꽃이 있다

우산이 있는 사람은
비를 즐기고
우산이 없는 사람은
비를 원망하네

미움이 비처럼 쏟아지는데
마음을 지킬 우산 하나 없다면
빗속에 뛰어들어 몸을 적시지 말고
비가 멈출 때까지 기다려라

해 뜨고 푸른 날 찾아오면
어제 내린 비가 무슨 의미 있으랴
오직 미워할 일은 그러지 못하는 내 마음뿐

용서

나도 당신과
똑같은 실수를 할 수 있기에

어쩌면 당신보다
더 큰 실수를 할지도 모르기에

당신과 나는
불완전한 인간이기에

용서가 우리를 조금이나마
더 나은 존재로 만들어 줄 것이기에

용서 하나 갚겠습니다

생의 어느 날
사람에게 받은 상처를
용서하기 힘들 때

아버지,
당신에게 받은 용서 하나 갚겠습니다

어머니,
당신에게 받은 용서 하나 갚겠습니다

친구여,
그대에게 받은 용서 하나 갚겠습니다

생의 어느 날
사람에게 받은 상처를
용서하기 힘들어 잠 못 이룰 때

신이여,
당신에게 받은 용서 하나 갚겠습니다

사과

사과는
사과 한 알이면 족한 것

말없이 다가가
사과를 손에 쥐어 주곤

사과를 받아 주어 고맙소,
말하면 그뿐

그래도 안 된다면?
내가 큰 사과 드리리다

어찌 되었든
사과는 몸에 좋은 거라오

5월의 말씀

부모에게 더 바라지 말 것
낳아 준 것만으로도
그 은혜 갚을 길 없으니

자식에게 더 바라지 말 것
태어나 준 것만으로도
그 기쁨 돌려줄 길 없으니

남편과 아내에게 더 바라지 말 것
생의 동행이 되어 준 것만으로도
그 사랑 보답할 길 없으니

해마다 5월이면
신록 사이로 들려오는 말씀
새잎처럼 살아라 새잎처럼 푸르게 살아라

자신에게 더 바랄 것
지금까지 받은 것만으로도
삶에 감사하며 살겠노라고

부부를 위한 기도

부끄럽게 하소서
내가 사랑했고
나를 사랑했던 사람에게
지지 않고 이기려 애쓰는 마음을

기뻐하게 하소서
내가 사랑했고
나를 사랑했던 사람의 뜻대로
인생의 크고 작은 일들이 결정되는 것을

용서하게 하소서
용서할 수 있는 것만이 아니라
용서할 수 없는 것까지
참사랑의 힘으로 용서하기를

사랑하게 하소서
지나간 추억이 아니라
살아 있는 고백으로
죽는 날까지 가슴 뛰며 사랑하기를

기도하게 하소서
내가 사랑하고
나를 사랑하는 사람을 위해
매일 아침 맑은 눈물로 기도하기를

그래도 사랑입니다

당신은 꽃을 좋아하고
나는 낙엽을 좋아합니다

당신은 눈을 좋아하고
나는 비를 좋아합니다

당신은 바다를 좋아하고
나는 산을 좋아합니다

당신은 블루를 좋아하고
나는 레드를 좋아합니다

당신은 순수를 좋아하고
나는 열정을 좋아합니다

그래도 사랑입니다

당신은 나를 좋아하고
나는 당신을 좋아하니까

내가 이별을 비처럼 해야 한다면

내가 이별을 비처럼 해야 한다면
사월 봄비 되어 너를 떠나리

꽃으로 피어나라 꽃으로 피어나라
잎과 줄기, 뿌리마저 모두 흠뻑 적셔 준 후
가랑비거나 이슬비 되어 너를 떠나리

사랑했던 사람들의 이별이란
상처가 아니라 꽃을 남기는 것
너의 상처에 꽃 한 송이 피워 내며
나는 떠나리

내가 이별을 비처럼 해야 한다면

이별은 꽃잎과 같은 것입니다

사랑이 꽃과 같다면
이별은 꽃잎과 같은 것

꽃처럼 사랑했다면
꽃잎처럼 이별하세요

영원한 사랑이란
이별 후에도 계속되는 사랑이며

진정한 사랑이란
이별 후에도 더욱 불타오르는 사랑입니다

이별이 사랑의 마침표라고 믿는 것,
그것은 실연입니다

이별이 영원한 사랑을 위한 쉼표라고 믿는 것,
그것이 바로 세상에서 가장 아름다운 사랑입니다

9월의 기도

9월에는
떠나간 사람들이
발걸음을 돌려
다시 돌아오게 하소서

9월에는
떠나온 사람들에게
발걸음을 돌려
다시 돌아가게 하소서

이 세상을 살아가는 동안
다시 돌아올 사람도 없고
다시 돌아갈 사람도 없는
9월이 찾아오면
나를 당신에게로 돌아가게 하소서

그러나 당신은 사랑의 신,
아직은 여름인 내 심장에 가을을 주어
다시 나를 돌아가게 하소서

나의 영혼이 나에게 돌아오고
내가 나의 영혼에게 돌아가는
9월의 첫날로

행복의 길

당신이 행복하게 살았으면 좋겠다고
말해 주는 사람이 있다면
당신은 인생을 잘 산 것입니다

당신이 행복하게 살았으면 좋겠다고
말해 주고 싶은 사람이 있다면
당신은 인생을 더욱 잘 산 것입니다

그리고 행복은 그 때 찾아옵니다
당신이 자신의 행복보다는
누군가 다른 사람의 행복을 위해 기도할 때

사랑의 기쁨이 바로 그러하듯이

비 오는 날의 기도

비에 젖는 것을
두려워하지 않게 하소서

때로는 비를 맞으며
혼자 걸어가야 하는 것이
인생이라는 사실을 기억하게 하소서

사랑과 용서는
폭우처럼 쏟아지게 하시고
미움과 분노는
소나기처럼 지나가게 하소서

천둥과 번개 소리가 아니라
영혼과 양심의 소리에 떨게 하시고
메마르고 가문 곳에도 주저 없이 내려
그 땅에 꽃과 열매를 풍요로이 맺게 하소서

언제나 생명을 피워 내는
봄비처럼 살게 하시고
누구에게나 기쁨을 가져다주는

단비 같은 사람이 되게 하소서

그리하여 나 이 세상 떠나는 날
하늘 높이 무지개로 다시 태어나게 하소서

눈 내리는 날의 기도

이 세상 살아가는 동안 누구에게나
첫눈처럼 기다려지는 사람이 되게 하소서

한 송이 한 송이씩 떨어지지만
이내 뭉쳐 하나가 되는 사람

세상의 모든 상처와 잘못을
깨끗함으로 덮어 주는 사람

겨울의 깊고 어두운 밤마저
하얗게 빛으로 밝혀 주는 사람

눈사람처럼 홀로 서 있어도
묵묵히 겨울바람을 이겨 내는 사람

아이에게는 기쁨을 연인에게는 사랑을
어른에게는 추억과 행복을 가져다주는 사람

누군가 자신을 밟고 지나갈 때조차
뽀드득뽀드득 맑은 소리를 내는 사람

이 세상 떠나는 날 누구에게나
첫눈보다 아름다운 기억으로 남게 하소서

누군가 물어볼지도 모릅니다

생의 마지막 날에
누군가 물어볼지도 모릅니다
몇 사람이나 뜨겁게 사랑하였느냐
몇 사람이나 눈물로 용서하였느냐
몇 사람이나 미소로 용기를 주었느냐

생의 마지막 날에
누군가에게 대답해야 할지도 모릅니다
시간을 낭비하지 않았습니다
사람을 가장 먼저 생각했습니다
세상을 아름답게 만들려 노력했습니다

생의 마지막 날에
아무도 묻지 않을지 모릅니다
그렇더라도 오직 한 사람,
당신 자신에게는 대답해야만 할 것입니다
나는 한 번뿐인 삶을
정녕 온 힘을 다해 힘껏 살았노라고

사람이 그리워야 사람이다

기온이 영하로 떨어지니
따뜻한 것이 그립다

따뜻한 커피 따뜻한 창가
따뜻한 국물 따뜻한 사람이 그립다

내가 이 세상에 태어나 조금이라도
잘 하는 것이 있다면 그리워하는 일일 게다

어려서는 어른이 그립고
나이 드니 젊은 날이 그립다

여름이면 흰 눈이 그립고
겨울이면 푸른 바다가 그립다

헤어지면 만나고 싶어 그립고
만나면 혼자 있고 싶어 그립다

돈도 그립고 사랑도 그립고
어머니도 그립고 아들도 그립고

네가 그립고 또 내가 그립다

살아오면서 많은 사람을
만나고 헤어졌다

어떤 사람은 따뜻했고
어떤 사람은 차가웠다

어떤 사람은 만나기 싫었고
어떤 사람은 헤어지기 싫었다

어떤 사람은 그리웠고
어떤 사람은 생각하기도 싫었다

누군가에게 그리운 사람이 되자
사람이 그리워야 사람이다
사람이 그리워해야 사람이다

Ⅳ

별로 살아야 한다

무료

따뜻한 햇볕 무료
시원한 바람 무료

아침 일출 무료
저녁 노을 무료

붉은 장미 무료
흰 눈 무료

어머니 사랑 무료
아이들 웃음 무료

무얼 더 바라
욕심 없는 삶 무료

별로 살아야 한다

별로 아는 것이 많지 않아도
별로 가진 것이 많지 않아도
별로 웃을 일이 많지 않아도
별로 사는 사람들이 있다

별로 살아야 한다

행복

별을 따려 하지 말 것

지금 지구라는
별에 살고 있다는 사실을 기억할 것

작은 슬픔일 뿐

만약 내일 폭우가 쏟아진다면
오늘 내리는 소나기는
비도 아니리

만약 내일 폭설이 쏟아진다면
오늘 내리는 싸락눈은
눈도 아니리

오늘 우리가 겪는 슬픔도
슬픔이 아니리
만약 내일 더 큰 불행이
우리를 찾아온다면

아깝다

화를 내는 시간이 아깝다
슬픔에 젖어 있는 시간이 아깝다
다른 사람을 비난하는 시간이 아깝다
지나간 일을 후회하는 시간이 아깝다
다른 사람이 가진 것을 부러워하는 시간이 아깝다
아직 다가오지 않은 일을 걱정하는 시간이 아깝다
모든 것은 흘러가고 다시 돌아오지 않으니
지금 이 순간이 참으로 아깝지 않은가
아까운 인생을 불행의 시간으로 흘려보내지 말라
불행을 선택하기에는 인생이 너무 짧다

새해

소나무는 나이테가 있어
더 굵게 자라고
대나무는 마디가 있어
더 높게 자라고
사람은 새해가 있어
더 곧게 자라는 것

꿈은 소나무처럼
푸르게 뻗고
욕심은 대나무처럼
가볍게 비우며
새해에는 한 그루
아름드리 나무가 되라는 것

2월 예찬

이틀이나 사흘쯤 더 주어진다면
행복한 인생을 살아갈 수 있겠니

2월은 시치미 뚝 떼고
빙긋이 웃으며 말하네

겨울이 끝나야 봄이 찾아오는 것이 아니라
봄이 시작되어야 겨울이 물러가는 거란다

3월이 오면

3월이 오면
나는 아직 얼어 있는 대지를
발로 쿵쿵 구르며 말하리
풀들이여, 일어나 봄을 맞으라

3월이 오면
나는 마른 나뭇가지를
손으로 톡톡 두드리며 말하리
잎들이여, 깨어나 봄을 맞으라

인생에선들 어찌 겨울 없으랴
길고 어둡고 차가운 눈보라의 날이 가고
마침내 3월의 첫날이 오면

애써 참고 견뎌 온
내 영혼에 입맞추며 말하리
꽃이여, 이제 활짝 피어나 봄을 맞으라

고개

인생 고개
힘겹게 넘어가는 날엔

고개 들어
푸른 하늘을 바라보고

고개 숙여
예쁜 꽃을 바라보고

고개 돌려
사랑하는 사람들을 바라보리

고개 끄덕여
행복은 내 눈 안에 있네, 다짐하리

마음살이

마음먹는 대로 사는
인생 어디 있겠는가마는

세상살이
마음먹기 나름이라잖은가

마음에 드시는 게 아니라
마음을 드시는 거라네

햇살 같은 마음, 샘물 같은 마음
마음껏 드시면 되는 거라네

당근

하루 세 끼마다
당근을 먹을 것

세상에 어둠과 그늘이 많은 건
사람들이 당근을 적게 먹기 때문이니까

인생은 아름답지
당근

사랑은 영원하지
당근

행복은 돈과 상관없지
당근

온몸이 새빨개지더라도
이파리는 늘 푸를 것

그러면 너의 영혼도 푸르러지겠느냐고
당근

인생의 무게를 재는 법

불행의 무게를 잴 때는
눈물만 올려놓을 것
저울이 망가질 수도 있으니
절대로 온몸으로 올라서지 말 것

어제보다 늘었다고 한숨 쉬지 말 것
슬픔이나 절망의 섭취량을 조금 줄일 것
아침에 일어나 햇볕을 쬐고 난 직후를 권함

가급적 행복의 무게도 함께 잴 것
24시간 안에 지은 미소를 모두 올려놓을 것
살짝 저울 위에 올라서도 좋음

가장 큰 가난

곳간에 쌀이 아니라
마음에 햇살이 없는 것

밥상에 찬이 아니라
영혼의 창이 굳게 닫혀 있는 것

금고에 금이 아니라
사랑에 금이 가 있는 것

지갑에 돈이 아니라
주머니에 조약돌을 담아 본 적이 없는 것

이런 시를 읽을 시간이 없는 게 아니라
이런 시를 읽는 순간에도 입가에 미소가 떠오르지 않는 것

눈부시다는 말

눈부시다는 말
참 좋지요

비 갠 아침의 눈부신 햇살
은빛으로 반짝이는 눈부신 강물
풀잎 끝에 매달린 눈부신 이슬
해맑은 아이들의 눈부신 웃음
오늘이라는 눈부신 시간
사랑해라는 눈부신 고백

눈부시다는 말
참 눈 부시지요

반하다

반쯤 살아 보면 아는 것
빼앗길수록 커지는 기쁨도 있다는 것
빼앗겨야만 비로소 찾아오는 행복도 있다는 것

가난한 마음아
우리가 욕심을 부려
두 손에 잔뜩 움켜쥐지 말고
꽃에 반해 살자
햇살에 반해 살자
별빛에 반해 살자

가난한 마음아
우리가 기꺼이 마음을 빼앗겨
푸른 하늘에 반해 살자
저녁 노을에 반해 살자

인생 한 때

몸의 때는
물로 씻고

마음의 때는
책으로 씻고

영혼의 때는
눈물로 씻으며

때 없는 사람들과
때 없는 삶 살으리

때 묻지 않은 웃음 지으며
때 묻지 않은 삶 살으리

인생 한때!

소금꽃

소금 한 됫박
가슴에 담아 두고
어머니 국 간을 맞추듯
세상에 슬금슬금 뿌리면 될 줄 알았는데
산다는 거 염전 하나 일구는 일이더라

바다 열 마지기만큼
눈물을 끌어모아
햇볕 바람 한 점 없는 날에도
소금꽃 활짝 피우는 일이더라

소금 한 말로도
상한 마음 아물지 않아
살아온 날은 맹맹하고
살아갈 날은 간간하게 느껴질 때
소금꽃 더욱 굵게 피우는 일이더라

국수

희고 동그랗고 부드러워
가난한 입맛에 착 착 달라붙고
붙잡는 사람 하나 없는 아리랑 고개처럼
쏙 쏙 목구멍을 넘어가면
초승달처럼 꺼졌던 배가 보름달처럼 부풀어 올라
주름진 얼굴에도 웃음꽃 함박 피어나는데
기실은 국수도 못 되어 국시로나 불리고
국시도 못 되어 국시꼬랭이로나 떨어져 나와
한 숟가락도 안 되는 수제비로 끝나려는지
솥뚜껑 위에서 구워져 아이들 군것질로 끝나려는지
삶이 잔치가 맞기는 맞는지
내 몸은 또 얼마나 희고 동그랗고 부드러운지
잔치국수 한 그릇을 먹으며 희멀건한 생각을 해 보는데
그래도 뜨끈뜨끈한 것이 들어가니 뱃속은 든든하였다
그러면 되았지 싶었다

그냥 살라 하네

푸른 하늘 흰 구름이
그냥 살라 하네
기쁘면 웃음짓고
슬프면 눈물짓고
감당치 못할 큰 의미일랑 두지 말고
그냥 살라 하네

아침바람 저녁노을이
그냥 살라 하네
사랑이 찾아오면 사랑하고
이별이 찾아오면 이별하고
가장 짧은 순간들을 소중히 여기며
그냥 살라 하네

비바람 눈보라가
그냥 살라 하네
젖으면 젖은 대로
추우면 추운 대로
이 또한 멋진 여행이라 생각하며
그냥 살라 하네

내 가슴 속 뛰는 심장이
그냥 살라 하네
따뜻이 손 마주 잡고
다정히 눈 바라보며
가진 것 없어도 부러움 없을 사람과
그냥 살라 하네

하루쯤

1년에 하루쯤은
아침부터 저녁까지
그저 웃기만 해도 좋을 일이다

1년에 하루쯤은
만나는 사람들에게
그저 따뜻한 말만 건네도 좋을 일이다

그래도 364일,
마음껏 아파하며 슬퍼할 수 있고
마음껏 투덜거리며 화낼 수 있으니

1년에 하루쯤은
상처와 눈물 모두 잊어버리고
그저 감사만으로 살아도 좋을 일이다

언제나 그 하루를
내일이나 모레가 아닌 오늘로 만들며
365일 중 하루쯤, 하며 살아도 좋을 일이다

별에 당첨되다

목구멍에 풀칠하는 일을
염려하다가
자동차에 모셔 두곤 까맣게 잊어버린
지지난 주 로또가 머릿속에 떠올라
열두 시도 넘은 밤
아파트 주차장에 내려왔는데
무심코 바라본 밤하늘엔
로또 상금보다 많은
별들이 떠 있었다

마음이 깊이 생각하기를
별이 로또로구나
꽃이 햇살이 바람이 노을이
로또로구나

이 엄동설한의 겨울밤에
저 먼 우주의 별을 바라보게 해 준
나의 목구멍 풀칠에 대한 염려가
바로 로또로구나

아무래도 꿈같기는 하여
당첨액이 얼마나 되는지
새벽까지 몇 번이고 별을 세어 보았다

하동에서 쓰는 편지

아우야,
나는 너무 긴 세월을
허둥거리며 살았구나

이번이 막차라는 듯
놓치면 다시는 올라탈 수 없다는 듯
허둥지둥 살았구나

이제사 돌아보면
생의 모든 걸음이 허방인 것을
한 발도 헛디디지 않겠다며
두 눈 부릅뜨며 살았구나

아우야,
나는 이제 남은 날들을
하동거리며 살련다

지리산 기슭에 누워
벚꽃 매화 이불 덮고
섬진강 모래톱에 앉아

무너져도 슬픔 없을 성을 쌓다가
저녁 무렵 남해로 걸어 들어가는 해를 보며
한 수 잘 배웠네, 술잔 기울이련다

평사리 들녘이
금빛에서 은빛으로 바뀌는 날
지난 봄 갓 딴 찻잎을 끓여 마시며
하동포구 눈 쌓이는 소리에 흠뻑 취해

아우야,
우리가 한 번은
하동거리며 살아야 하지 않겠느냐